U0782329

风是这么　低

苇子　　著

浙江文艺出版社
Zhejiang Literature & Art Publishing House

图书在版编目(CIP)数据

风是这么低 / 苇子著. —杭州：浙江文艺出版社，2024.3

ISBN 978-7-5339-7503-6

Ⅰ.①风… Ⅱ.①苇… Ⅲ.①诗集—中国—当代 Ⅳ.①I227

中国国家版本馆 CIP 数据核字(2024)第 045469 号

内文摄影 王丽娜 赵 亮	**封面设计** 吴 瑕
责任编辑 陈 园	**营销编辑** 汪心怡
责任校对 朱 立	**数字编辑** 姜梦冉 诸婧琦
责任印制 张丽敏	

风是这么低

苇子 著

出版发行	浙江文艺出版社
地　址	杭州市体育场路347号
邮　编	310006
电　话	0571-85176953(总编办)
	0571-85152727(市场部)
制　版	杭州天一图文制作有限公司
印　刷	浙江全能工艺美术印刷有限公司
开　本	787毫米×1092毫米　1/32
字　数	107千字
印　张	6.625
插　页	1
版　次	2024年3月第1版
印　次	2024年3月第1次印刷
书　号	ISBN 978-7-5339-7503-6
定　价	38.00元

为自己的生命结绳记事

每天清晨，都有鸟儿来叫醒我，我们一起感受天气、雨水、兰花。那是一天中最美好的时光，心是那么安静。天地之间，我与鸟儿和兰花彼此贯通，神秘，自在。花与鸟是我的亲人，我们之间有着一条秘而不宣的通道。

兰花、雨水与飞鸟，构成了我诗歌的基本元素。兰花是现世的君子，雨水是上天的恩赐，而仙鹤则是精神的翱翔。由此，我的诗，有落地的雨，有静谧的兰，有翩飞的鹤。——我以为好的诗，必是有飞有落，有虚有实，有动有静。对于每一种状态，我都有内心深刻的意会。

从第一本诗集出版到现在，已经过去了22年。我缓慢地写作，几乎每10年为一节点，以出版诗集的方式，为自己的生命结绳记事。就像生命里的永安溪，静静地流淌，它带走了光阴、疼痛、爱，带不走的则是诗行。也许，我不会再走进同一条溪流，同样我也不会再重复同一段光阴。所幸，我的诗把它们存留了下来。那条诗的溪水，一直流淌着，犹如一条秘密通道，连接着我与世界——我身体里的脉络都被打通，我因诗而通透、平静、无碍。

把这些年的诗结集出版，是一次自我的体认，一段历程的小结。在这个高速时代，写诗无疑是一种内视。我希望慢一点，再慢一点，使我可以完成自我审视。我在不停的书写中不断地打开自己，接纳万物的信息，它们以自身的语言进入我的内心，在与我的对话中幻化出万千模样，这正是世上最神奇、最美妙的感受。为此，我感谢诗歌，让我在万物的通道中有了言说的可能。

　　人到中年，经历了病痛、破碎，那些曾经计较过的都已然放下，那些不曾宽恕的都已经宽恕，是诗歌让我重建平衡，与自我、与世界达成和解。这是一个漫长的疗治过程，当我打破自身的壁垒，我的身体与心灵便有了通途。

　　这部诗集分成四辑，如果用最简单的词来形容，那便是花、鸟、水以及其他万物，不知不觉之间，它们构成了我诗集的全部内核。其实这也是我生命的全部：花是我的绽放，鸟是我的飞翔，水是我的形态。当它们在我的笔端呈现，是那样的轻盈灵动，又是那样的扎实落地。当然，我也接受其中的不完美，而缺憾的那部分也正是我所珍视的，就像我中年的身体，会与大大小小的疾病达成默契一样。

我始终认为，诗并不是简单的对美的复制，而是对生命与内心自由的一种承载。对我来说，最要紧的是独立、宽广与深邃。从自身出发，经过秘密通道抵达广阔世界，再从外界返回自己的内心。这种往返，犹如精神的淬炼，进而确认自己，并以此为出发点，抵达自我之外的广阔世界。

此刻，我的心是清净的，那些花儿，那些鸟儿和溪水，就来到我的诗里，静如睡莲……我要的就是这样的若有若无、若隐若现，不必太张扬，不必太炫耀，不必太灿烂。我的诗，只要这内敛、这淡然、这自在。这一刻，我如在繁花中央，看尽无边落木……

万物都有自己的通道，大自然如是，身体如是，心灵如是，诗歌也如是——而孤独，才是我内心最明亮的诗歌契约。

2023 年 8 月 28 日

目　录

第一辑　兰花引

第二辑　鸟鸣一刻

第三辑　永安溪转弯处

第四辑　万物说话

第一辑 ｜ 兰花引

兰花开，
开在色彩之外，
开在纷繁的世事之外。

兰花引

雨如此地下，兰花如此地开
……兰花开
开在色彩之外
开在纷繁的世事之外
在她旁边，请你安静，不说话，不走动

只有此时，我请求你给予我一块黑板
在其上放我的素面与兰花
我与她，有共同的气息吹动房屋
把世事吹得轻而又轻

……兰花开
缓慢，清丽，执着
像极一次美的终极疾病
软弱的雨水做了她的姐妹
深夜里的微光照亮了我一世的内心

我宁愿我的祖国是一块手帕

放上几朵兰花已经足够

放上我孤独的白银与她一生相伴

2015-6-16

花墟

从永安溪开始，我们的根就缠绕在一起了
那些仙鹤站在水里，而你站在泉里
水从泉中获得了自在

我的美和血脉都通往你
在雨天，勾勒出你的形象只需几笔
而我要的极简，便是你构成的美学
那些旧日光阴，我的长发长出你的叶子
我木梳的纹络与你相同
我的脸上映着你的空谷
在每日的幽深中，开出细碎的花
我体内的子房，暗结珠胎
当他被风吹走，会长出另一棵兰

我找到了秘密通道，我们制造了自己的幽谷
与繁花保持疏离。而我与世界疏离

当我从一条溪水移居到一条河边
你的根系滋养了我。我被生活的洪流裹挟着
从那里到这里，心境渐渐模糊
是你一次次把我辨认，在深夜，在崩溃前夕
一如我反复地把你擦亮

钱塘江的大潮把我席卷
时而一阵阵的潮红袭来
我开过兰花的脸庞，被潮水破溃
开始对花粉过敏，对中年抵抗
但我坚守着你的心灵，迎风独立

我见过花墟，更见过心墟
从繁华到此，只是转身之间
像我蹚过的溪水，渡过的河流
却再也没有什么能够击溃我
在这个疫情泛滥的时代

我已被兰花提纯，从根茎中萃取
从叶脉里融汇，从骨殖中锻造
我与兰花互为袍泽、倒影与知己
连充满尊严的凋零，都为一体

2021-1-1

幽暗的兰

你如此地幽闭，在山谷的深处
在窗前，在我心灵最偏僻的一隅
淡淡的，如云中光束
林下风吹，有一抹笑就已足够

我有幽暗的子房，存了中年的清晨与清泉
它们那么安静！细而小的花瓣
一些若有若无的香气
只需一点点阳光，我从不奢求太多

少时爱过牡丹，也许老时会爱玫瑰
如今我更爱幽兰，那纯白与青白
配以淡黄与黄绿，几乎就是我的全部色彩
而魏晋以后，我才懂得你的风流

寂静、从容、超俗，像我的中年午后
为每一道深裂隙所意会

并顺着兰花的纹络，找到草本的生活
喜湿润，微微味辛，两侧有翅
尽管这世上荆棘遍地
但我依然是一身香气

2020-12-7

致兰花

有一束光就够了，在幽暗的
山谷，在我内心的一隅，
吐露并且绽放。有一次笑容就够了，
将我推出了山门，放下奢求，
带着晨钟与清泉，
站在这个世上，拾起
寂静、从容与脱俗。
真的，不必太多，有一个草木般
中年的午后就够了，
俯下身去，慢慢扶住
这唯一的兰花，
用它系紧身上的扣子。

2020-11-29

一朵兰的重述

雪落下，那么静！而兰更静
在一场荒寂中，兰微凉
我的呼吸也微凉

午后，隐在兰的痛楚里
微小、寂寥，雪在燃烧
一个人还在途中

回到兰心，便是初始
比如：心痛。失忆。低烧
一朵兰重述了你

而我一直在观兰，任大雪满头
选择发际中上升的雪线
选择雪线中稀有的雪莲

以及此刻，我心尖上那微颤的

蝴蝶花纹，那翻飞
那被静静覆盖的午后雪崩

2020-12-18

雪天，午后之兰

午后，雪落在兰之外
兰与雪，都在逼近文字与叙述
它们共同建筑一个冬日邮局
建立起
与通信人的联系

有些词
从兰出发，到达雪原，比如：
"——静谧的心疼。
——失忆。"
一封写了一半的情书
还未表达的
未来之爱

而我一直生活在兰的意象里
选择从雪原折返的词意
选出它们中最静谧的部分

我会小心地安放于
兰的投影之中

我欣喜于如此近的距离
以及
此刻，我内心的
一丛兰花
正颤栗着
——开放！

2020-12-17

兰花引之二

那么，让我以一朵兰花的角色
抽枝散叶
雨线拨开了春天
那一丛月光斜照
如同光阴尚在
这人世静谧安好
有的人辗转
有的人叹息
就让我以一朵兰花的本色
素面，低眉
用一瞥就能擦亮暗夜
敛声不语
太多的蝴蝶构不成怒放
太多的铅华，只为悦君
而悦己者已在天涯
让我以一朵兰花的姿势
打开内心的地图

看见北纬的缱绻，以及
这经度上隐秘的鸟群
所能抵达的疆域
孤独是如此的辽阔啊！
一座广场就是一座教堂
唱诗班的孩子们
吐露出兰花的芳华
在天堂，更在尘世……

2015-6-1

夜，那被琴声唤醒的

黑夜里，一滴雨消失在另一滴雨中
……直至被唤醒。一抹月光
来自尘世又高于尘世
仿佛失眠的银器

还有经过的音乐，在低音区
那里有个故事层
你以手指讲述，在三连音中停顿
或在断音中接续。仿佛一道闪电
神迹一般，照亮了今生

而兰花饱含了雨水，仙鹤就要起飞
我们爱惜过的羽毛，这么轻，这么飘……

我识别的能力，从蓝色开始
延伸到所有色彩。你浮出的黎明
脱胎于闪电的内心、奔马的蹄音

我们手牵着手，一路沿着琴声

徐疾有序

兰花，在我们指尖开放、凋零……

2016-6-5

秋，安静的心脏及火焰

越到深秋，火焰越安静
深夜，桂树取下了明月的昭示
深夜有着深蓝的颜色
而满树的桂花，细小的金
渐渐地靠近我的美

在秋雨中，我想人生起点
在此时，与雨水交错
又等待凋零
一个盛大的节日
到达与流逝

比一树更多的日子
像我的心跳介入秋天
小事物遍布，又简约
——红的，黄的，白的
仿佛秋天在说话

说过往的烟云，说未明的时光

它如此安静，不是认命
而是敞开……
哦，看
——安静的，安静的，安静的
这深秋的小小的小小的——火焰

2017-9-23

药

雨就要来，但一直不下
我被阻在玻璃之后
与世界只隔一服药
当归不归，阿胶婀娜
我在夜里煎熬，熬这一世的孤傲
脸色比黄花还瘦……

叫茯苓的姐妹，沉于一股药香
而那最深情的一味，有点自闭
我擅于用风沟通，用颤栗结构美
水中消失的在幽暗中渐明

如今药的曲折让我慢一点，与病开始初恋
我爱你给我的小烦恼，小焦虑
当然还有一点小脾气。我满脸桃花
一边绽放一边凋谢
那些病态的小果子，都有了自己的风格

2016-5-21

黎明，雨的牢笼

我是夜雨塑造的一个囚徒
浑身凉意，隐忍

忧伤在一个牢笼
欢乐在另一个牢笼
爱人在第三个牢笼
每个牢笼都有一只安静的麋鹿陪伴

三千青丝是夜雨的姐妹
与落花为邻。在黎明
微光送来了秘密使者
他带着明日的音符而来
唤醒三只沉默安静的麋鹿

天就要亮了，清风就要来了
唉，我却已沉到最低处
在音符中继续变凉

……指尖划过人间

触手都是时间与落花

2016-4-11

病

每年春天来临时，树木青草是我的病
清风开不出处方，流水开不出处方
我的病小而深，有如三月的茂盛

但我总会想起你，一想起你我就孤单了
一想起你草木更茂盛，我也就病得更深了
如同孤鸟
整夜不眠地徘徊在
月光覆盖的树冠上

2015-3-28

风不在，你在

我替你说出这个世界的秘密
在隐秘处，我们本是一个人

你有一条通道，我也可以走进
仿佛那些雨水，从天而来，我们都被洗得干净

那清明世界啊！风不在，你在
我应着你的呼唤，在火焰的中心，找到你的模样

2015-6-11 中午

在中印寺看泉

——赠诗人姐姐李轻松

此刻，泉水是一种比喻。

就像寺门开启，
梵音止息，菩萨刚刚离去。
在澄澈的泉水中，姐姐，
这疼痛的称呼，
犹如一朵涟漪，让我
摇曳，斑斓，花团锦簇，
继而走入秋天，
捧出一束爱戴的芦荻。

此刻，姐姐亦是一种比喻。

在江南，我洁身自好，
收集雨水，
喂养兰花与仙鹤。
泉水止息，菩萨刚刚离去，

在荒凉的人世上，姐姐，
这热烈的重逢，
像转世而来的妈妈，用一匹
丝绸，将秋天和我轻轻托起。

2015-9-10

一人下山

今天的心绪还在幽处。上山不易
下山更难。我要在曲径上落脚
在密林中穿过。此刻微雨
每双眼睛都被擦亮。竹叶斑驳
心如明镜，风掀起了每一片树叶
如每段窸窸窣窣的往事
鸟儿上下翻飞，山间溅起鸟声
我的心如此安静——
斑竹间射进来的一缕阳光
让我呼出那口气：一叶里的菩提
一花间的寺院
正飘来一抹兰花的香气！

我凝神，愣住，看一些蜜蜂飞来
那仁慈里的一声轻唤
那竹林里一束光的倾斜
让我的林下之风

被一双手解开
我已学会拐弯、转身、放下
轻轻地，像泉水无声涌出
仿佛那兰花的香气出自我的呼吸
生活醒来，原来我还爱
还在原处。我的心已微开
仍可以刺破尘嚣的遮蔽

2015-7-8

一条路地老天荒

一条路地老天荒，落日在它的尽头
手牵湖羊的人，身怀一段爱情史
而我忍痛，看今生的余晖
散落在以往的路上

残荷与灯都慢慢抬起头来
月下吹笛的人都是带伤的
我是荷花的妹妹，落日的女儿
回首处，新人走在干净的云朵下

所有的伤都是旧的
所有的话早已无须再说
落日隐去，一如父亲沦落天涯
岁月私藏了真容，我却不识

一轮新月升起，不在中天
却在我繁星般的心上……

2015-8-31

深冬一夜

孤独的夜里，我是自己的火焰
春天模仿了我
也在每一片落叶里燃烧
直至夜深了，才隐约听见月亮的应答
时间有着自己的容貌

这一刻的安静
听到琴声，被雨隔在前世
而窗外的敲打，比我的手指轻

雨中的植物抬起头来
草尖微颤中有无端的忧伤
还有兰花的隐喻，在暗处

在每滴雨中停顿，并呼出那口气
怀念与遗忘一样长……

2016-1-5

柳，低垂的汉语

汉语来到夜里
在西湖，它的语法被一排低垂的柳树所掌握
一对情人，来到树下为它修辞
他们放慢了语速
谈论俗世、爱、时间与湖水
此时的语法，削弱了强硬部分
——"看这水，无尽地荡漾……"

她的空腔里，藏有一个叫西湖的名词
有时，她的魂魄落在其中
等待一棵低垂柳树的细节描述
有时，她把西与湖拆开，中间放入情爱
等待语法柔弱下去
等待一个个词语从柳梢跳下来，跳下来

直到坐在湖边的木椅上
两人写下一节幽暗的段落

左边写下寂，右边写下静
词语的细牙，咬住了长长的白堤……

柳丝愈加地低垂
此时的汉语愈加地精细、幽暗、微热
她的魂魄，追随着这特殊的语句
布散在这微风中，与柔弱结成了永恒的姐妹

2012-4-5

致索德格朗

凡·高说，厄运助成功一臂之力——
在我还没有读完你之前，我仿佛放不下你的"痛苦
　之杯"
在你的诗里，我重新认识圣彼得堡
据说天才都是短命的。只有你被那朵桃花索了命
她过于鲜艳，盛放于十六岁，止于三十一岁
而我多么愿意你止于罗曼史，那唯一的美
你始终都在浓郁的阴影里，咳，潮红，低烧
接受这诗里的酒与放逐。你在文字里获得了乡间别墅
古老的教堂、秘密的花园，那挣脱了枯藤的自由
一切都将耗尽，而灰色的眼珠依然在闪光

致聂鲁达

"在平原和有岩石的山地之上，像风暴般袭来的浓
　卷白云。"
人民之子与大地之子，热带雨林中你的心跳密集
你逼人的力度、健美与雄浑、武断的美
你心中所怀，是那一片乡土的自觉与成熟
那大自然的精华，伟大的安第斯山脉和漫长的海岸线
在河流与花朵之间，你吸吮了蜂房的蜜
走过图书馆里的人世，你依然还在山峰上
一个诗人的现实主义与非现实主义
都可能让诗人死过两次
而情理则夹在哲学与山水之间
唱着你的情诗与绝望之歌

致苏东坡

六十岁被贬蛮荒之地海南。你已是暮年之身
你孤悬于海中孤岛，凄然伤之只是瞬间
"有生孰不在岛者？"又有谁不被困于孤岛？
你一笑了之，在释然的诗酒中，你放下
"此间有什么歇不得处？"只是你肯不肯歇
民间山水不经意处，你自酿自饮的酒
纵情之余倚于几上的样子，并非沉痛
放浪形骸者皆因内心的洞开
你的"哀"与"怆恨"，形而上的酒与肉
都隐着时间之伤，沧浪之间
你杖藜芒履，生存与精神，消解于有形与无形

致凡·高

你笔端的汹涌，一泻千里，凡·高
对于绘画，你没有一丝杂念
你的画，如同法国南方小镇阳光的酷烈
如割裂血管后的血溅画布，你品尝到血腥之美
包括那只耳朵，还有什么不能舍弃与献祭？
一朵向日葵，正在寻找它的头颅
一些伤口寻找一把刀。如果不是先自伤
又如何能够深入到这世界的伤口？
让它流血，流出星月之光、丝柏之灵
强烈的律动，那色彩逼得人睁不开眼
岁月把万物变得过于暗淡
而你把它们的灵魂打捞出来
而你的麦田，饱满得足够安置下
你的星空，和长眠……

致加里·斯奈德

你在诗里的建筑，木质结构，不用一根钉子
你让月光照进去，让风透着花香吹进去
那清贫的河流和严峻的高山，因为你而足够丰富
你的心仪、爽朴与简单
都接近了真理。你以斧柄传递力与温度
你以砌石来诠释寒山与禅宗
那神秘的大自然饱含着双重性
说教与劝世，你一样不少。曾出家三年
翻译《寒山诗》，领略到东方禅意
年过五十居山，事必躬亲的劳作
还有你的降雨量、木匠活、古老的价值观
你瞭望过的尘世，土地肥沃、动物活泼
与世隔绝的想象力令人生畏
将尘世归结到你的内心，走出开始与结束
接近于本色的你，也许还遥想过天台山
选择隐居并不避世。像种地一样料理文字
山即是心，山河无尽
你的虚境与玄境，与物齐

致阿炳

自泉眼流出
秋风在弦上，远去，我被抛在无人的旷野中
看西去的月亮越来越凉
遍地的虫鸣越来越弱

而所有的收割者都应跪着倾听
那无边的悲悯，睡莲低垂
最神圣的隐痛或者苦难，由天选之人
来吐尽最后的青丝……

阿炳，你的盲目中蓄满了泪水
让我几乎无法正视自己：
世俗中的黑暗，神性中的虚幻
那申诉般的旋律，转瞬即逝的笑容
让世俗中的人找到归家的路

这薄凉的世间，这薄凉的琴声

汹涌而出的笑纹、泪光和泉水
还有谁怀着一腔遗世的爱，越过山巅

致寒山

三十岁之后，你寄居于浙东天台山
你以植物为邻，以山林为所
烟火的温度与厨具的轻重
都被你把握在手，一个日常修行者
让那些沉重的事物纷纷轻盈起来
连石头也翩翩飞翔。你与拾得对话
也与万物交流。在激昂的唐代
你便是一股清流般的存在
禅诗的压舱石也依然是儒家
你却比现实更轻逸。上山下山
哪一步，让人冥冥中度化
哪一次回眸，心在瞬间顿悟
又有哪一处灯火繁华，吐纳出新绿
才能化为一座墓碑，一颗菩提
有人被情所伤，有人被才情所灼
寒山与诗便是蓦然相逢、淡然而别
再过几年且看，你还是云中披发
积蕴的一念、清瘦的一面、天地八荒的闪光

致雷诺阿

他仿佛就坐在我的面前。光线斜切进门
这是清晨的，也是午后和傍晚的
空地上的一堆干草散发着香气
陌生女子的腰部在闪光
用手轻按近乎透明的裙裾
仿佛面包、牛奶构成的早餐
其实早已超越了视觉所及

这夏日光线里的阴郁部分，这颔首瞬间
正午偏后的光，如钱币般的光斑
那么重！林间的枝叶覆上了她的嘴角
皮肤如此地轻与迷惘，光所聚焦的时刻
她生命涌动，带着世俗的美！

那微斜的女子，光在她的背部流泻
她涉水而去，打开了身体里的流水
这玫瑰色的皮肤在阳光里停留

在稍纵即逝的无奈中流逝
而画她的人隐在背后，在热烈的孤独中
阳光、自然、色彩都是恩赐

2023-8-26

第二辑

鸟鸣一刻

一个人的国度，
在山巅之上，
在桂花之旁。

在黑夜的中央入睡

入睡了，她在黑夜的中央
发着浅浅的光芒
她的鼻息，把黑夜蒙上一层玻璃纸，脆弱、透亮
这黑夜，一共有两个孩子：
一个是她的孩子，一个是她自己

梦在这时，显得那么辽阔、宁静
梦中有着什么？
梦中的风无语，不发出声音
梦中的水，飞上天空
与今夜的雨
一起回到期望中的宫殿

而我在失眠中写下一行笨拙的文字
让其中的一个单词下滑
它是那样缓慢地抵达地面
它比我更加地固执

轻盈、黑暗，拉住梦想的衣裳
一直不肯回头

她仍然在暗色的梦境中
她不动。暗夜飘舞
但暗夜有几只翅膀？
那只最黑的翅膀是她的心
为着黑夜的孩子
它把时间收拢，把爱的愿望深藏

今晚，风是这么的低

膝上的伤疤是供月亮察看的
磨损的时间里，血液被储在暗处
它所抱对象有儿女私情
而黑暗如此洁净
草药，像世上的尘埃，被照得明亮

"我喜欢灰尘上的锈，拉住月亮"
而草药历来都像妹妹
尘世千尺，仍葆有柔软与古怪

因此，菩萨们经过我
也多看几眼
止血止痛
连月下的蝼蚁也大声呼吸

嗯，我以病入世，以药出世
在一些禁忌中，清淡，素食

仙鹤一样独立
包括一朵闲云，云中阴影

能覆盖黑夜的，是另一个黑夜
能覆盖伤口的，却是直抵黑夜的窗口
今晚，风是这么低，我顺着草尖摘下它
像顺着兰花的茎脉，吸入月光的香气

2017-2-7

鸟鸣一刻

我一直想呼唤它，呼唤那只鸟
一如它正在
呼唤我
它呼唤我很专注，也很单纯
一声，两声，或连着几声

我一直忍着没呼唤出
我的呼唤要比它多出
许多

我也许是想呼唤整个清晨
呼唤灌木生长，河流转折
呼唤
另一个深深沉默中的
我

2021-7-14

清晨布满你的羽毛

一只鸟，仿佛从我的睡梦里穿越
此刻它来到我的窗前，比轻还轻
我被风吹拂，被鸟鸣叫醒
一株兰花又挺拔了一些，抬头探看

记忆里的混沌一层层地厘清
伸手够到一杯水，鸟声越发清亮
而够不到的星辰，还挂在屋檐

打开窗子，鸟儿依旧停留
左边是兰的幻影，右侧是玻璃的心
高大树木上已鸟声一片
而我眼前的这一只，离群、独往
却染上了兰花的香气
褪去了所有鸟类的光环

当清晨布满你的羽毛

我也梳完了头发，喝完了牛奶
坐下来与你对视，交谈
用光线恢复了你作为鸟类的金色
不看微信，只在你的叫声中问候彼此

你好，鸟儿！你好，早安！
在这个病毒肆虐的日子里
只有你不会与我隔离
我没有旧的暗疾或新的伤口
在清晨被再一次撕裂
只有那些被弥补的轻盈
羽毛一样，慢慢地飞升……

2021-6-16

启示录

今天走过小径之后，留下一个问题
——我与小径，以及日常与我
仿佛主妇与山林，仿佛一辆车与一部书

今天的我仍然是晦暗的、未明的
克制地俯瞰一朵花
这也是轻视自己的理由，因为花香更轻
因为我一直太沉重

周边的建筑建了又拆，拆了又建
大型搅拌机摩擦着城市的灵魂
我明明看到了岔路上走来的毛特·岗
她的着装自由而艳丽

我才知道，小径两旁留存的
灌木与乔木
加上无名的花香

都是为了等待这样一个时刻

——穿越城市噪音的风雨
携带落叶、花蕊，在乔木浓荫下
阅读自由书籍，抑制住内心的狂浪
直至她重现宁静的脸庞

2021-5-23

忘却

多么深的忘却
云经过了我
这一刻，我闭目、无言、寂静

还要继续忘却
越来越喧嚣的万物
越来越平静的肉身

云经过了我
我比喻一下就忘却
棉絮过去了，心境过去了
最终是我过去了

比喻一下就忘却
漂浮不是漂浮，寂静不是寂静
高处与低处呢，没什么不同
"请问云往何处"，唉

照样有人问，却从未有回答

每问一遍，时光都被重构一回
我添加的枝叶，覆在我的云鬓、窗花、流水之上……

2017-2-10

彼此

水汽留在云朵里
鞋子留在原地

高高的云朵，终要飘走
留住过云朵的天空
仍留住着爱
我喜欢这时的空

我转身，停住
我又将被谁拥抱？

用一生的时间
却若一朵云那样轻盈、干净
因天空的辽阔

2019-12-2

放下晨曦中这颗微疼的心

这一个早晨，有着薄雾的宁静
南北市河有看不见的流淌
而我则感到了白蚬湖在清风中的微疼
这是我的忧伤之药，浮萍的妹妹

我以细小的喊叫，请求波浪，请求
晨光的触须，假想的船娘
请求白蚬湖遮住我的双眼
我有一颗微湿的心
为了在这晨曦来临之时醒来
我与上述的事物一起喊醒我自己

就这样，这个清晨从我自己内心的针尖开始
幽暗中的醒
往上一段是我的犹豫部分，幽绿、诗意
再往上，遇到晨曦，一袭中国的白纱
在湖面上空展开，为了周庄

为了在这个清晨本来的我

周庄之晨，我是你的针尖
刺破晨曦，知会一个湖的惊醒
告知光阴的抵达。每一条河汉，水汽迷濛
而我则选取最小的一条，放下我安静的诗篇
放下晨曦中这颗微疼的心

梦境般永在我内心的周庄

入夜，店铺打烊，四周的市声退去
而灯火依然密集
人在河边，同样和着二三灯火独行
我因此成为捡灯光的人
捡走霓虹灯、白炽灯、日光灯
捡走橹声、低语、月亮之梦
捡走廊檐下的影子、折向河面的灯火

周庄的午夜，人们均已入睡
只有我在沿河漫走
还有一条后门的船影
还有一扇秘密合拢的小窗
还有一河的水流向南
这些我都无法捡走，这些是周庄永远的财富

整夜地，我独行，徘徊
整夜地，我在捡拾周庄过多的灯光

在深夜，我回头

这是我喜欢看到的情景——

安静的黑暗的河流

安静的深睡的民宿

安静的相拥的恋人

安静的梦境般的永在我内心的周庄

想你，在垦丁

——致林明理

当我离开垦丁，回想垦丁
——垦丁是一艘船？一片云？一首诗？
那里云幕低垂，以此修复心的边界
正午时分，大海也是温柔的暴君
让我坐下，阅读因此有了宝石蓝的调子

此时的你，坐在更深处
被贝壳回忆进了大海的色调
透明、湛蓝，细浪咬着船帮
叙事中的太平洋，舒缓、铺张、动人
—— 一阵风把她带向更远
海鸟驭着诗篇追赶，像闪电

而谦卑的万物正把姿态一一藏起——
苏铁安静，白野花儿微动着
沙子把我的思念铺平、掩藏
只有沉默的岛屿对我们说话——

就让时间苍老吧

这世界已有太多东西逝去

我，只想拥有大海、自然，和珍贵的友谊

2013-5-13、2013-12-27

照亮

当我的心暗下去，沿街还没有一盏灯
我的心继续暗下去
直到黑夜浓稠
……我坐着，事物更加缓慢

仿佛岁月是一盏灯
遥远，微弱，有点儿疼痛
……如今
继续被风送得更远，照着我内心的晦暗之空……

还是要回到眼前——
我的内心之瓦，吸收着太多的光
这今生的晦暗诗篇，是时间的黑眼睛
借我的人生，照亮了它的暮春河山

今生今世
我只说内心，只说远方

——几乎看不见的

那一盏灯……

我，仿佛一个国度

我喜欢你一一说出
希腊、波黑、捷克、克罗地亚、亚美尼亚
然后，最后说出我的名字

你的发音安宁、自由
说出爱，说出我，说出一个特别的国度

多么具有东方风格，美，神秘
瑜伽是我个体的国学
弯曲，弧度，建立起哲学的港口

侵略我吧，在我还宽容之时
我将同化我最爱的侵略者，让你忘记故乡
忘记归家的路
我迷恋我身体的版图
每个细胞，都如此地饱满
我的江山，无边无沿……

我也是冥想的国度

哲学深邃，艺术丰盈

我有神秘边界，只对你开放它并放弃主权

——直到我是你的国度与徽章

2020-11-15

一个人的月光

一个人在河岸，需要背对自己。

水银跳动，我脉搏渐弱，
一些尘埃顺水顺意，
只有月光
送来微风。

走过的人，如此干净，
我喜欢这样的弥漫——
那些轻于棉花的手
指尖湿润。所以
我的欢喜也是如此年轻。

一想到光阴似水，那些流年，
利与不利，我开始不再介意。
稠密的事物过去了，
烟雨一场，桂花也从未迟到，

就像前世的应许。

很多人都在别的地方。
只有我，站在留白里，
仿佛被今夜的月光
挽留在了今生。

2018-10-11

江边夜行

走在江边的人
我要送你一座茶寮
再派一位女子为你沏茶吟诵
而竹林间有小妖
在雨后有着清新的小面容

我的身影被拉长，影子中
填着一首薄而清瘦的词
只是风太快了，带走一地落叶
却忘读另一片安静的凉意

你说拍向岸边的浪花，那么轻柔
我说轻是好的，犹如你是好的
犹如今夜薄淡的茶味
喝出久居人间的真实气息

岸边的水鸟正专心入眠

这是旧诗词中的迷人伏句
语法简单，词性安宁
我们两人，也简单
这个夜，这条江，也简单

2018-11-2

蓝色之巅

这晕眩之美！一只神秘的手
一些蔚蓝。这错落的天地
这永恒的安慰，任白云覆过了我
蓝色多么宁静。一场流云里的身段那么美！是我的
　　原创。
你用盛大的宝蓝迎接了我
我与你的相恋也进入了细节
我内心的典礼，要用尽你的水色天光，你的霓虹
要越过风很难
要越过自我更难
我从此有了高度
"何必再为部分的人生而哭泣，
所有的人生都催人泪下……"

2015-7-1

迟桂花

在金桂银桂旁，我也是晚到的人
仰望的角度真好
绚烂的，一树金黄，一树银白
此时我不再回想夏日万花的讯息
以此调整凝望的方式

金色和银色，推导出
一个我和非我。这两个
互相望着的我呀
都深深地思忖着，缄默着

一夜之间，迟桂花开得悄然
中年的情景
及融入暗夜的情愫
一如晚开或不开，一如迟的金桂、银桂
哪里是晚哪里是迟，都是刚刚好
刚好的两种白天和黑夜

2022-10-8

一棵树

窗外，一棵并不高大的树，
我看着它，差不多有十个年头，
而它却接纳了我的一生，甚至更长。
它的周边，草木形如天堂，
还有白玉兰、桂花、山茶花，
但我独独关注它：
那孤独但不寂寞的样子，是我喜欢的。
阳光穿透了树枝，影子
在树干偏左的地方，安然不动。

这个时辰，大抵在中午，饭后，
趁着冬日暖阳，与一棵枯冷的树，
缄默，专注，辽阔——
在尘世的一隅，彼此记挂。

2018-12-2

事物在两个地方

它从我的体内出发
顺着时间的小道
一一问候过安静的肝、胆与脾脏
这样的问候有着清风的细小味道
它出发时携带秒与分，在我感知时已经积累到年与月
——年与月，它包裹着菜地、房子及儿女
而我的体内还在绵绵低语
——春风啊春风！

另一个地方是爱——
无声，旋转，青藤遇见丝瓜
夜晚遇见蛋糕
更深的：一顿晚餐吃到西湖边
更深的：一夜细雨，一个钟摆
在深夜里数数，从失眠的无限数到一
数到零点零一
直把自己数到虚无，放进爱的深处

直到看不见，做了时间的亲戚

事物啊——
就这样在两个地方旋转
它有时带着细小的亲戚回来
当它安坐在我的子宫深处
安坐在我的内心深处
一顿晚餐的焦味飘来
哦，晚餐也是性感的
我像一个非洲的黑妇人，这样地坐在餐桌前——
安静，流泪，爱

风说

比如天气好时，我内心安宁
甚至于白日梦，都自然袒露
那静卧在远方的旷野
胜过任何我信赖的人
它所接纳于我的，远多于我所接纳于它的
而报以辽阔的风——
风中的自我，与自己的对话像那些矮树
某种不安的传递、抗衡
都不足以穿越一阵风：
我要感谢那个伤害过我的人
替我消除的
那些病、那些阴暗
如今都消失得这么近，又那么远……

雨季诗章

1

雨季的小精灵，湿的、小的、快乐的。
它歌唱一。
在落下的雨水中捡起一小滴，
它湿润的鼻尖，触到了爱情的气息。

2

在无数的雨中歌唱一滴雨。
把声音压低，把腹腔收起，
把一个音阶小心地摆放在天空里。

3

青山把自己染青。溪流把自己染青。
更亲的亲人慢慢地走近。

我空着斑鸠大的心事，形态轻盈。

一个雨季。一封长信。把微风致给春天。

4

一辆汽车远去。刮雨器刮落多余的词汇。

雨中的驾驶员缺乏背影。
空中的云另找联络者、歌者。
蹲着看雨的孩子，额头明亮，发质柔软。

5

要往更高处去，去看你的脸庞。
埋在乌云深处的你的凌乱的脸庞。
就着雨水磨研的你石头中的脸庞。

更高处，一句静默的歌词。
更高处，有着亲与盲目。

6

雨水击打广场、道路。
击打：内心、幻象、沉默的性器。

在河流交汇处，遇到
一次短时间的停滞。
遇到一个短句，它拖着名词、形容词突然来临。

7

雨水在继续。
慢。慢动作。慢车。慢开的花朵。

一顿晚餐。

亲近的人坐在末端，谈论雨水。

8

一滴雨。

一个音阶。

一个歌者。

它们，组成这个雨季的往事

——献给你。

三个元素合成一个元素

——献给你。

月光在上

月亮还在头顶，普陀还在身后
你还在。海岸把天空撕成了两半
一半在我的左手，一半在你的右手

一夜得闲，得自在，坐在岸边
观音就在山那边。而你在我这边
无须仰望，我们就看见了月光

此刻连迷茫都在发呆，或歌吟
神仙们都赶来倾听，也跟着发呆
浪里一群白羊，被赶到了天堂

而我们在雪崩里救下了雪山
在羊羔里救下了猛兽
在骨缝里，救下了疼痛

今夜，风洗净了我们的面庞

赤子赤脚而去，跟了一段波涛
又跟了一段月亮

要紧的事物我们把它放进庙里
不要紧的事物都放在水上
此刻，月光在上，我们面无忧伤

2015-7-18

信

下午。办公室。一个人
本想写些东西，坐了好一会，仍是
空白。冬天
已经到来。凉风
使我感到身体的重量。流水如此
清凉、透明。这是
低头间才能看到的，这紧贴大地上的
存在。独自
一人。办公室。流水
在无限地延伸。你要保重身体

更年

渐渐地
我害怕闪电、睡眠和耳鸣
烦躁以一副新面孔呈现
外加乏力、倦怠，牵动内心蛰伏的野兽
时刻要冲出

脸红心跳却情绪低落，反常规
如同一辆过山车，把我带入低谷

我开始装修身体的房子，极简与环保
家具需要抛弃，到了部分告别的时候
我收好那深深浅浅的绿，粉色与金黄色的花
收好风雨中疲惫的身心
按住那纷纷的欲念，重塑内心的山水

当中年迷雾慢慢越过山岗
此后的时光，更为动人

夏日午后

一首一首地读诗，是一种奢侈
尘嚣里，一个巨大的幻影覆盖
而我在低处，一条潜水的清白之鱼
无人知晓。你的每一行诗句，都顺水而来
带着新鲜的清晨露珠，照亮偏僻一隅
我随波逐流，一起一伏，都由不得自己

这是时间的密会，看似虚无，却已意会
我知道月亮是在云端还是在水中
你是一角的衣襟，被明亮或黑暗的风掀起

夏日午后，有无法抵达的远方，和看不见的尘世
我眼前只有杯子，窗外有静止的景物
缓慢地生长着的兰芽苞，新鲜、生动
我看到重叠的此和彼，一条通道里的秘径
都静下心来，一生的积郁被清洗了一遍

飞机轰鸣着经过头顶，这人世间的巨大喧嚣
我心中的猛虎忍住，细嗅你诗中的蔷薇……

重逢

我们在两条河里相遇。你的冰河之下
漂着南方的鱼和花瓣。我们也在华顶重逢
那万亩杜鹃花海早已汹涌在峰巅
我们在诗歌中走过半部唐诗路
那悬崖飞瀑背后的明黄色寺院
拨亮的灯，照见这没有人烟的美
清澈见底的灵魂，从孤独中涌出
两条河合流，两座山并行
鹅卵石的小径上落满钟声
阳光从斑驳的竹林溢出
此刻，我们走过的十万大山
深藏着的十万朵莲花，盛大开放

诗之在

它不在眼前
不在目光所及的地方，熙熙攘攘的人流中
我看不见的远，是诗意的孤独
当诗歌呈现
山林退还了虎狼，天空退还了雄鹰
我把自己抛弃，与万物达到默契
一个狭小空间里的豹，秋日里的晕眩
"谁此时没有房屋，就不必建筑
谁此时孤独，就永远孤独"
小路在铺满的落叶上向前
一阵阵翻飞！今夜我认领风暴中的"在"
就是我灵魂的制高点！

第三辑

永安溪转弯处

一滴水带走我，
也被我一生一世所携带。
在命名中望向亲人与故乡。

致雪花

妈妈，一场春雪覆盖了人间
那是你的三月，雪花如此之轻
不落地，无声，轻得让我落泪
今日杭州美得其所
我不看西湖、孤山、白堤
我只看你冰清的面容不带一丝尘迹
妈妈，你也同时看着我，目光永远如昨
我真的不忍喊你，怕一开口你就融化成水
但我仍要喊你
用轻而又轻的临界的声音爱你
妈妈，我要让你用整个人世的力量抱紧我
用这世间最温暖的暖意送我融入人间
妈妈，我也想挽着你走在此刻
向你倾诉人世的春风秋雨
雪花是你我共同的力量
我用你赋予我的力量轻轻地呼唤你，爱你
当大雪覆盖了整个世界

我仍能清晰地认出哪一些雪花是属于你的

那即将融化的永恒之爱

2022-3-30

孩子

一个孩子，住在母亲柔软的衣襟里。
他穿越她的三分之一的旅程，
在小小的朗读声里口吃、成长
并且飞跑，用哭喊和脾气赞美母亲的惊讶！

树木低下头来。用湖水的橡皮擦擦亮他童年的天空。
用加法作他的衣裳。来去安全、快乐！
在亲情的大厦中，他伸手触摸——
移开父亲这块灰色的积木，
母亲是橙色的、粉色的、纯蓝的。

要走来走去。要被母亲牵挂。
还要来回走动，用气息吹亮母亲黯然的容颜。
在家里，在路上，在学校，始终有着俏皮的姿势。
而这时闹钟跳起来——
催促又一次的早餐：牛奶、面包和反复的叮咛。

拍拍手。童年的积木被轻轻地搭着。
哦，穿越莫干山路的孩子，
他的亲爱的母亲因此被他举向头顶——
被一片朝霞一阵歌声慢慢地刷新、围绕！

母亲

这一天，睫毛悄悄掀开我的泪光
我用去了三分之一的心情去生存
用余下的三分之二心情去追忆母亲
我追回了门前的流水
反射的水光照软了过去的云朵

流水旁边
一株小草贴着我的脸
而母亲的目光浮在我的上面
——秀秀，秀秀
清晨的名字柔软而简短
它藏在我杂乱的头发下面
这一生
只让我亲爱的母亲来呼唤

那一年，夏天过得有些快
秋天抓跑了我的一件花衣裳

而冬天与一分硬币一样冷
只有母亲的脸庞与火炉一起温暖闪烁
而我，把自己缩小成双脚
藏在一双棉鞋里过冬
身心在母亲烤出的暖意里扩大

手握书本的母亲
她的双手也握着我的童年
——秀秀，秀秀
我的名字连着她的血肉与过往
我小小的骄傲被母亲喊出
我小小的聪明与倔强被母亲喊出
一如门前流水中的小鱼虾接受天空的歌唱

母亲啊！可我童年的拐点来得太早
那个春天来得太突然太黯淡
悲伤与大地带走了你的名字

也带走了对你的秀秀的呼喊！
母亲，如今门前流水依然
如今的旧屋已经更加地陈旧
如今秀秀这个名字高翔在云朵的深处

今年的青草已经再次返青
今年的清明将再次来临
母亲呵，我伏在大地表面深深呼吸
你的清冷的气息在草尖上和着细雨
让我的身心再次颤栗、濡湿！

2009-2-23

在溪边

我的二十余年都流逝在溪流中
阳光照在古老的溪树上，如同隔世
那斑驳的鹅卵中最孤独的一颗
比我稍小，比空虚稍大
多少年的午后加重了它的阴影
与树木一样隐痛、忧郁、平静
那些不说话的皱纹与溪水
那些微闭的花朵，都能见证这深邃
这骨头的颜色，坚硬、泛白
像一轮轮的来潮，弥漫在疼痛的深处

2015-7-18

永安溪转弯处

溪流转弯了，而我还执迷于原地
比如芦苇、溪滩、老屋
棉花地、堂姐、书法中的匠心
而我惊讶于古老的青苔，微凉
一些稚嫩的笔触也掩映其上

芦苇花、野菊花、苦楝花
都开在高处的风中
我的初潮在低处，成为芦苇的花絮
每起伏一次——我就颤抖一回

还有什么散落在滩上？那些青春的动词
比形容词更易生长。那些身体里的流水
安放好我的童年和母亲。并在溪水转弯处
一种被什么紧紧攫取的感觉
像一丝杂物的阴影，一刀刀地切割
使每次阅读都得一场大病

等待一个陌生人，从小巷深处溢出
并在溪水的转弯处消失

2015-7-23

返回

每次从山上返回，路更长
斜坡上一二朵花，素色、安静
不觉中有细小的蚂蚁，爬上花茎
它与天堂总差一步

我也撑把小伞，顺着雨丝
雨极慢地滴落，让我停下
肉体先于我来到俗世
后于我招呼旅人。慢些，再微量些

我听见了体内的永安溪
回应与接纳。我看到了青苔上的裂痕
如交错的自我，细微的痛感

我的虚无。是我收留了南峰山
还是南峰山收留了我？
是什么落后于肉体，又落后于尘世？

此刻，我步上台阶，又返回了一点儿

2015-7-7

上游

这是三寸之下的流水
以及三寸以上的阳光
它压低了我的姓氏和鹅卵
而我的知与不知，都还在溪边张望

我童年的永安溪，向上或向下
都有我的蝴蝶之谜！
我左脚的忧郁，右脚的快乐
被溪中的苇子停在上游
一丛，一丛，手牵着手
一点也不空虚。我伸出手
觉得细雨也是有重量的
我爱过飘荡在溪面的苇花
也爱它投到溪水的倒影……

2015-7-10

一个清风吹拂的下午

母亲从小学校里走出来。我的童年
蹲在溪边，看水波泛起了你的发丝
一股粉笔的白色粉末
从你的手上飘散到我的脸上
你的指缝里有一片天空
我仰起脸看到：那么干净的云朵

经过我的那只鸟儿瞬间消失
每一声鸣叫都撕裂一回
我小小的心

屋前流水里的身子骨是软的
母亲随水走远的影子那么长
她的手指移开的时候
我已不再年少。想跟着母亲回家

我的手不知何时松开了你的衣襟

只剩下一个孤单的词，站在门前垂首
母亲，双山还是地图上的一个名字
永安溪还从东流向西边

偶尔会有一只蝌蚪向上游游去
这一段流水，只映出我的倒影
待到下一只鸟儿出现，不知要等多久

我在溪水的上游供着菩萨
而我的下游，供着你
我收起这首诗的结尾时
起笔处都是败絮，落笔处都有莲花

2015-9-12

突然的雨在下着

1
一只手，对比一只苍蝇
对比世界—— 一只绿色的
在雨中敛了翅膀，却残留着嗡嗡之声的
苍蝇

可爱的苍蝇，曾经在我的手掌之中
一枚星星沉落
而一线阳光倾斜着穿刺
我的手掌的阴影中：西湖对应一片山峦
过去的岁月，厄运般坍塌

2

突然的雨在下着，加强着阳光与你的湿度
一切密闭着交付与我

出租车到来又开走，那个被雨淋昏了头的司机
是我的使者

3

房间的新鲜如同我们的初识
而窗外一道道拉长的雨线
至于永远，谁都扯不断，从天到地
从你到我，从我们到一切方向

坐在那张处子般热情与羞怯的床上
我们坐在宇宙的中央
从容不迫，红色的睡莲悄然开放

4

从雨滴开始？不，从你的身躯开始

我开始跋涉于最美的风景之中
我采撷一声喘息

爱的课程

把头脑置于大山里
喊旁边的一块石头为大哥
把身体置于森林中
一个隐秘的妹妹日夜不眠
春天里，叶子绿得多么庸俗
我感知山峦的宽容，家兄般的述说
同时感知整个森林的宁静与不安

我离开得太久了，我仍然不使用归来一词
我保持着陌生而真实的一切
我把它用于坦诚、用于情爱
用于陈放我偶尔庸俗的身体
用于不再为世界作无谓的修饰

把羊群赶进森林的那个人
啊，你辨别的青草，你唤醒的灌木
请不要离我太近

因为我就要被你唤醒了
因为我就要被我自己唤醒了

所以我逐一减轻自己
因为森林里还缺一个精灵
我要让爱情精美得令人吃惊
我要给森林里的常住妖精上课
叫她们吃一些庸俗的食物减去绿色的妖气
我是一个以身作则的精灵
自始至终我都在完成爱的课程
用整座森林，用一生的热爱与绝望

2015-2-12

江边

不必再说了，凡是
江水流过的地方，我都在——

月亮挑起草尖，我要弯腰致敬：
富春江，山居图，以及消失了的隐者，
仙鹤落下的那一刻，一定是你
度化了我。

我与你，隔着一册山河，
这些疏离之美，偶尔
扣紧了我的指尖，仿佛你的眼睛里，
深藏着一场黑夜的大雪。

2018-10-31

我愿意……

为了春天
我愿意把我的心用严寒洗过
像一座小小的冰山，幸福地分期融化

为了你
我愿意所有的悲喜都有形状
风声走过，我们就小下去

为了明天
我愿意云朵从树梢上升起
菩萨还在，小雨点不急于落下……

2016-1-6

信件

漫长的时间中，我写下一封书信。
慢节奏的邮差，使书信吸足了湿气。
我已是暮春里的一个词，
在向着你的漫长路途中——
滞后，鼓胀，微凉。

慢。慢啊。
而我，仍然赞美慢，邮差！
只有这样，我的读信人才会倍加地期待。
那一边的表情，
从木头桌面升起，
你等待的品质成为木头温和的兄弟。

这封信穿越许多年的时间，
我要看到你绝望的面容，
看到你日益苍老的身体。
而我的皮肤保持着黝黑的光泽，
上面甲虫移动，

它们搬动着真实的问候语。

雨水在途中泛滥，
障碍在不断落实，
你在那一边的等待越来越漫长，
等待的世界越来越薄。
而你，看到矮个子的邮差了吗?
他墨绿色的制服，已经出现在路的尽头了。

你要知道，我的满纸的软弱词语，
就要掉到你内心的空洞里去，
它们要赶在你苍老之前，
为时间建筑一座甜美的坟墓。
在那里，蓝天也弯下腰来，
看着你我，慢慢在合成一个
永远的，永远的——
一。

2009-8-20

文一西路

文一西路。公交站牌是那么的薄，
它切出一个下午，
切出梯形的阴影贴上行人的脸庞。

他不出现。
他送来了一块阴影和许多行人。
他甚至送来许多辆满载的公交车。

他不出现。
我的心也被贴上一块阴影，
在文一西路，在站牌下，
在他站过的地方。

他怎么能不出现呢？
直到他站在我的面前。
我还以为，是昨天切下的那块阴影！

雪，一段简单的时光

我与大雪一起到达九寨。纷飞的大雪
带来一年的旧债。这些债务，轻、纯净、纷繁
有时隔一层玻璃，有时直接落在我的身上
面对整座高山，面对寒冷的流水
我像一个革命者，把灵魂别在腰上
在大雪中洗净过多的资产阶级容颜
这样，我可着手接受落地的纯净，偿还昔日旧债

我乐意在雪地里拆散我的身躯——
从乌云里拆掉暴雨、雷电
从时光中拆掉爱情、悲伤
从肉体里拆掉性感、欲望
越是寒冷，我的身躯越是贴近树梢、大地、山岗
漫天的大雪分掉我的魂魄，越轻越危险！

这一段大雪时光，我用"简单"两字概括
可是，唉，"简单"却似魔鬼

它建立的时光更加庞大与纷杂
它建立的新债，有若干个资产阶级的数量
无限的雪花，把我与山岗、流水一起覆盖

我是大雪中的一个国家
——孤独，洁净，结绳记事，不与他人交往
白雪皑皑，我背负新旧债务
为"简单"两字，我付出了一生的事业、情感，
　与爱！

2010-11-10

永安溪，轻流水

永安溪拦腰进入我的女人时光
它使我的血管轻轻地收缩，带动
轻而又轻的命名
——在我肉体的平面
那里张开清浅的爱

这些爱给沙子，给游鱼，给水草
让它们在水上——
写下自己的面容
写下月光的担心
写下被鸟儿叫了好几次的忧愁

在这自然的透明的子宫里
我看到一粒芝麻大的爱意
它细小而庞大
在乌云低垂的日子
它的耳语

宝石一般地爬满了我的身体

爱情的场景柔软脆弱
还有流水的衣裳
换走了我的春意
而一丛苇子命名了我
我卑微清凉的名字
在那一天，做了风中的姐妹

直到我写下刻骨的深爱
把流水穿在身上去向远方
这惊世的柔软
脆弱的美貌
我一生一世都携带

2010-4-14

深夜之诗

夜的毒药撒在睡眠上。它模仿头发缓慢地生长。
黑暗也侧着身。我也是这样节省着床单——
与一个字母并列，书写一页深夜宣言。
我迷恋毒药的细牙。这一次
由我来塑造它，迷人的时刻。

我浮起半尺，与毒药等高，
接受它的转身、低语。
我的睡眠，黑夜里毒药的码头
坐着我戴眼镜的情人，
他这样地坐着，取得黑夜弥漫的颓废。

现在，唯有我来浮起这个黑夜。让缓慢一词出现。
缓慢：与毒药混合，与孤独的听觉混合。
它是供我沉睡的国土，供我把痛延伸到心脏和清风中。
而你，随身携带沙子，在我甜蜜的内部混合。

你的话交给跟随你的那只蚂蚁。
它把它们带向更深处。
出现在今夜的这只蚂蚁
对应毒药的深邃和你的静默。
我歌唱它的细小的触须
在两人的谈话之中尖锐地高举。

我歌唱内心的震荡，
歌唱毒性加剧的到来。
你坐着，比黑暗更加黑暗。
而今晚我拒绝黎明，
共同的毒药把染色体改变：血液加深，骨头如炭。

一行死亡慢慢出现，与黑色对齐。
在无边的黑暗中，我与你一起拒绝其它颜色的到来，
永远拒绝。

纯真的水域

西湖依然安静，相依的波澜
推进彼此的手里
芦苇在风中俯身，又抬起了头

我无畏于漂泊，也从未放弃过完美
其中一丝黑发，任它从容白过
月亮里拂过的云，也是银的

如今那已届半百的桦树
虽然叶子稀疏，低眉人间
却依然骨格清丽

任风攀援过荒野
我不动，键盘不动
耳朵贴近大地的苍茫

我回到这纯真的水域

不为俗世所扰
仿佛昔日的棉花田
那么白，那么软！

2018-1-8

一场雨

好多天了，这场雨，落得我心里发慌！
皮肤上的雨意正在生造词汇
继而沿着一册书的封面
滑落。它们幽幽地发着光
一只手指一只手指地生长
在指尖上结出极端的小果子

嘘——
我是要小声地告诉你
小小手饰的冰凉
在荡漾
牛犊再次吃出青草的甜味
雨滴声使玻璃弯曲

夜深了，在雨意里
我把一封信写薄
它是我全新的皮肤

我的身体侧面的幽光
越发地单调，这样涂改着五月的深夜
还有
我与你，被这个雨夜平分后
悄然跌落平地
细数雨中青草的气息

今夜，我继续坐在失眠的雨声中央
使雨水一节一节地变凉

夜雨继续带着迷惘的表达
为我的身体制谜
我的恍惚比山岗更高
明晨，它要回到餐桌旁
重新安静下来
重新开始一天的新生

2009-3-22

西湖，右边的堤岸

今晚，我拖着若干斤心思到西湖。
漫步走到白堤时，心思又多了几斤。
我把身体的阶梯放下，最后一级放到右边堤岸上。
我的心思一级一级地向下——
浅近而安静的湖水接走了我部分心思。

远望宝石山，发现它也有若干心思，
它的心思一份分给了它的姐妹一弯朔月，
一份分给了一颗孤独的星辰。
朔月与星辰，一对多么遥远的脸庞，
她们从遥远的天边爱过来——
爱一份心思，爱一座夜塔，爱一汪湖水、微风。

她们也爱到了我，在我的皮肤上镌刻幽暗的诗篇。
她们也爱到了我的身边人，他从左边换到右边行走。
他接到了我的剩余的心思，
他与她们并排坐着歌唱我——

"夜西湖，小心思……"

整个世界都换到了右边。
我用所有的夜之湖水，加紧着对未知的心思的保护。
这一份心思，不再泄露。
这一份秘密，坐在阶梯最高一级。
今晚西湖，白堤的右边，
湖光把我孤独的身体推向了层层秘境深处！

2012-4-3

湄公河

——兼致杜拉斯

湄公河的下游，一艘轮渡经过下午的河道
空气静得如同木尺，静得仿佛窒息
描写一个十五岁的法国少女，并非易事
就像那条缓慢的河流，来自上游
一个陌生国度里的陌生男子
更来自那间杂乱无章的房间

夏日里窗外的嘈杂，淹没了那未发育的身体
而无数次穿越湄公河，西贡就在他指尖上颤抖
忧郁的眼神里裹着的情欲
那么强烈！下午的光线，街市的叫卖
肉体与煤炭的灰尘交织着，这软弱的力量
这爆发的美，这典型的南方微雨

她幻想着，湄公河的下段，连着大海
他在软榻上叹息、抽烟，眼含热泪
这欲罢不能的爱，这深渊里打捞的欲望

南方雨林里的连绵"战火"

黑色、震颤、密闭，最后的那一眼凝视

巨轮吐出的黑烟遮蔽了河岸

亮如空洞的长空，那颗微茫的星光……

2023-8-25

雪中即景

三次，大雪，记忆：

2008，大雪绵延成灾，交通几近瘫痪
仿佛我青年时代雪崩，从身体开始
一场覆盖与深埋，痛
等到我挣脱出来，还剩半条命

近中年，第二次大雪
不再逃避
我在清晨赶到灵隐寺
那里的钟声也披着纷飞大雪
震荡着漫天蝴蝶
我负重而行，每步都像飞

第三次，大雪已近宜人
夜宿山舍，晨起皑皑一片
上有白鹤峰，下有茅家埠

累了到郭庄小憩。最惊喜湖山披雪

三潭印月，孤山独立，西泠访古

此生已神游至此，此后无话

2023-1-26

这个黄昏

这个黄昏
湖面很低，一个人顶着暮色而来
许多人的窗户，模糊而安静
包括行人与车流
青砖、青苔、青春……它们比我走得快

隐喻的诗句，尘埃中的明日
永恒地静止在文字里
咖啡只剩下三分之一，我手轻晃
众人的杯中水
像从浩瀚的大海里溢出

从大众中分离出自我，从行走中
找到停顿的理由，我如同重生
婴儿般新鲜又困惑，待另一个自我脱身而出
那临风的少年，已翻越了又一重山岗

2023-8-27

在酉田自语

这一年，我一直在乡村行走
那些树木花草在星夜里闪光
月下枝条安静，仿佛一抹乡愁
在迷雾中的石阶上走过，青苔湿滑，一如忧伤

我拼命逃离的地方，如今又拼命地返回
像所有的植物都患有怀乡病

左边是快三百年的木质树身，它深知衰弱
却包容着山泉、野草、飞霞，多么形而上！
那叶子枯黄，虫子泛滥，蝴蝶悬停
我只叩诊树内的血脉、骨骼、经络

俯身向一只昆虫致敬，帮它戴上花冠
我的乡村美学，失却了时间的维度

我尊重的古老元素、波段交织的雷电袭来

一场轰轰烈烈的重逢，在水埠头，或古戏台
接续了族群之戏，一些丧失的传统
在日月的往返中，次第盛开，或凋谢

月光所照

月光照着四面八方，九华山、天台山、终南山
也照着兰花的纹络，我心里的微痕
缺失、遗憾、模糊的记忆，在有限的空间里重构
看似虚拟之物，其实隐在人物背后
而人物在你的故事里哭泣、叹息
从梦中醒来，打一朵莲花沉香篆
月光照着山川并行，一个人的龟兹、敦煌、长安
也照着我的头顶、心脏和足下之地
如果有一场大雨，我必是被淋湿的人
如果有一场病，我也必是自愈的那个人
不为风摇，不为雨动，不为雪藏
月光所照，皆为故乡

秋分之后

秋天的我，身体更趋于安宁、圆熟
花径上桂花落下，落得洒脱
天空仿佛又高了一些，冲淡了旷野的气息
万物开始收敛。我的心灵没有诧异
也被这个季节稳妥安放
我修理家具、换胎
在瑜伽里打开自我，接纳并不完美的世界
那些开的花、落的叶都被我珍藏
一切都慢下来
邮差、时光、思想

一个光影徐徐向西，我的兰花已开过
一条雨丝渐渐拉长，我的夜长过白昼
自然，夜里微凉，盖上薄被
早晨起来会被风吹痛，喧嚣又起

此生不够，我需要更正的部分太多
而那些遗憾之处纷纷亮起

第四辑 | 万物说话

清澈质地、午后微雨。
仿佛微风入林。
弥漫的疼痛与广大的慈悲……

隔这么远

隔这么远
依然能听见大海的咆哮
掌上有礁石与细雨
浪花死于路上
安魂曲无法安慰嘴唇

隔这么远
依然能听见大山的呼唤
鸟兽在泉水边停歇
火焰自地心开放
草木带来一场荒芜

隔这么远
依然能看见时间的双手
书籍翻开深处的叙述
细节穿插于寂静原野
病愈的人内心特别广阔

2019-2-11

倦怠的抽烟人

昨日你还在抽烟。指间升起末日的蓝
——轻盈、软弱
在我将爱描述到一半的时候
肉体像一张白纸在房间里起飞
因此，另一半
我要描述你抽烟的姿势

这升起的烟味
这末日，末日尽头的气息
把你推到房间的角落
那里有另一个我在等你：冷艳、透明，皮肤恍惚
——她这样迎接你，一块冒着轻烟的顽石

我紧接着描述一屋子的空气
靠近你的部分散布着蓝色词语
上面坠挂着蚂蚁细小的耳语
——喂

你要慢慢地，慢慢地，疲倦下来
你要慢慢地，慢慢地，安静下来

而靠近我的部分
愈发透明、恍惚
我现在开始讲述蓝精灵、白舞鞋、绿纱巾
讲述青春期的记忆碎片
我讲述的姿势比以往任何时候都奇特，变蓝又变轻

哦，安静的、倦怠的抽烟人
没有比昨日更倦怠，更感性
没有比昨日的我俩更具虚无的时日……

2013-5-13

那一片竹林

雨中拾级
我一手挽着你
一手牵着雨
雨是欢喜的
替我涤洗了路，叶子与眼睛
也都被雨拨亮了一些

去竹林深处，我有你的幽径
雨中的面庞
已有了中印寺的影子
而林间，光线突然泻下
像菩萨的眼神，满是悲悯

雨中轻响的竹叶上
有钟声藏匿
我听见佛语对应着光阴
我和你

姐姐，我的手与你相握
像两片重叠的竹叶
有相似的命运

在通往中印寺的途中
菩萨含笑不语

2016-9-4

万物都有属于自己的通道

鸟儿展开翅膀，阴影允诺了它
比如种子、新芽、水草，比如因纠缠而不堪的山河
……都湿润起来

我身体里的南方
橘子清甜。我水里的鲸鱼
永不会上岸
爬山虎一心攀附，终成一股清新之力

不变而变的颜色，主观、一己
青蛙两栖，仿佛我的水路和陆路，通或不通
都被鲑鱼带回到出发的地方

植物或动物都有自己的属性
阴或阳，湿与干。都有安好之地
生到死，悲到喜。都有悖论之反
……一场天殇是我迟到的信

我爱那生物学的论调

那在琴上抽芽的指尖

那冰冷的、夹着雪花的画

那不变之命、万变之运

在晚祈中，我用满头的灰尘应和

在灯下，那黄色与蓝色的宿命

——所有的色彩都被钟声调亮

2016-12-3

万物都在说话

午后一角，
芭蕉大面积地萎去，
如徐渭之笔，迅疾而又克制。
每个细节都交代得清楚，都说他癫狂，
怎知他对万物的懂得？不止人间
知了声没了，这些骄阳下奔放的生命，
在秋日去了它们该去的去处；
五年蛰伏，在漫长的黑暗中等待，
只为一个夏天的生死，与歌唱。
而芭蕉后的柳枝，到底是经历了苦夏，
格外凝重。绿篱中的牵牛，
今年照旧。
紫薇，明显不如去年的热闹，
但也在雨中盛放成最好的样子。
时有序，花有信，人也如此。

2022-9-19

好地方

这里安静得几乎可以去死。这是我的好地方
侧过身子，放下观望另一些事物的目光
青灯的光芒，曾经与刀锋称兄道弟

更多生的气息，蠓虫一样地飞来——
我的眼睛，接纳它们的同时也接纳着锐利的明亮
我的嗓子，与糟糕生活、今日的歌唱等高
那些声音从卵巢出发，就要爬到月亮的耳畔

还会有一个黄蜂一样的恋人，叮着我的耳梢
一个可以击打的铃铛
柳絮从遥远中飘来，这种最初的诗和梦想
比故乡还要值得向往

而纸张才是我亲近的新娘
我随便翻阅，随意题词和想象
在最隐蔽的地方滴了一滴墨汁

一只眼睛长出一丛青草，另一只眼睛则追随山丘
——在一群羊中撞翻其中最沉默的一只！

夜深似海

大地的森林在山上
大海的森林在水里

无所隐藏
也无所暴露
无所说　万物静默

无所生　也无所死
无所刹那　所谓永恒
无所沧海　桑田静默

没有来处之路
无所光影　无所声音
足迹说话　佛静默

2019-2-6

愿心

有一线星光，用于挂念
与眺望；有一种不可预知的恩遇，
用于点燃生命，构筑今生；
在春天把花朵打开之前——

星光说：愿你初心明朗，
一生身披月光；愿你于风雨袭来之际
有一座山岗，犹如诚恳的肩膀。

恩遇说：愿你在纷繁尘世，
在一盏酒中，拥抱沉默的双亲；
愿山河无限，好像慈悲的灯笼。

2018-2-15

中年之一

凛冽，一驾冬日的马车
带我行走

它如此朴素、反诗意
如同一服草药，以及病榻上
那些独自落泪的日子
而马车辚辚，赐予我
慰藉与抚摸

当然有颠簸，与寒风
当然我反复经历过中年的多种状况
我甚至抽出其中最有意味的部分
替它画上星星的眼睛

我正与命运讲和，行进中
你看风跑得多快
早已经过一场电影，经过叫三棵树的地方

马车涉过这一条中年河流
这刻骨的场景，被暖阳唤醒
我为获得慰藉而感动
一直向前，如此持久

2022-12

中年之二

用隔离来讲述中年的故事
三年，聚少离多
缓慢苏醒的自我
只让果子向东，阳光洒满叶片
当西来的晚照把枝条投射于东墙
我也在其上：向内、安静、清淡

影子是另一个我的镜像
瞬间即是恒久，心灵
来到亮处。选择灰、绿、黄三原色
再加北美冬青，作为生机的一部分
躲避了病毒的复制

十一月的肖邦，弹奏到十二月
少有人懂。而唢呐一吹万事已毕
红的白的花，竞相开放
谁比谁更惊艳？谁比谁先走一步？

中年的荒诞主义，在小寒时节的周末
多少人能够跨越生死的门槛
就有多少苦难被刻上墓碑：
如果真相还在，真相
流失于悲喜交加中

2023-1

中年之三

突然有了热闹的春节，刚恢复的空气
微笑与问候，都如此地清新
饺子在沸水里翻滚，儿子举杯祝福
我是如此心安、宽慰，有他操持
我可以隐居到兰花深处
悄然张望一下烟花和星空
还有儿子的感恩，一共三个
仿佛钟声敲响三下，仿佛永安溪又流动起来……

祈福的路上被堵在中段
被人流裹挟几近放弃
是儿子与风拉着我一路骑行
重新看一遍风景，都是那么美！
我发现他瞬间站在了北高峰之巅
那些树木、经声与心愿同时发芽
一棵俊美的树已长过了我的期盼

这个夜晚，我突然找到了合适的针脚
那些易碎的部分都被缝补
仿佛一条河流无声地从我们身边流过
而血脉之河，发出了那哗哗的声音
儿子，我的中年正走在疗愈的路上
有你拉着我，从此我有了停歇之地

2023-2-1

对一条河流的追述

如同我喜欢的美学。色彩与线条的组合
我用苍术、菖蒲和白芷来描述你
还远远不够。用蜿蜒、曲折来形容你
又略显平庸。一块石头、一丛苇草
贴着水面飞行的蜻蜓是那么低
一段流水中的一个事物
清凉、透明、波动
有时一片叶子落水，轻如鸿毛
我还那么重，脚踏在水里，啪啪地响

《悲怆》已第二遍响起，被忽略的部分
笼罩着我。我坐在水边不动
被流水压低的姓名，像三朵浪花
开出时间与水的形状
红柳与绿柳相拥，我与影子相伴
一蓬蓬的苇子，独立与孤单

在不可抵达的深处，我迷茫地成长
身怀着不可知的花絮，被青春抽出
一阵清风一阵战栗。或许我不与自己同步
但永安溪的流速时快时慢
就像一只蝴蝶飞飞停停，只为眷顾每朵花

2023-2-1

湖畔缓行

从西往东穿过时空，西湖正在喧嚣之上
浮躁之上。从平湖秋月返回，到柳浪闻莺
人间是那么近，又那么远

在湖畔缓行，有一个人顶着夜色而来
踩着青砖与青苔茫然同行
那些缓慢、细微与弥漫等词语
渐渐地加深了夜色。音乐喷泉停止
我们便回归到深处，静谧、本色

我喜欢此刻的西湖，我爱一种沉默
胜过任何一种表达。湖光很低
适于把所有事物都揽入怀里
当然也包括我。我把手垂进湖水
人世的气息便压低了一寸多

只有无语的事物懂得开始

像睡莲、目光和欲望都降低了几分
直降到与湖面平行。一个人走过去
又一个人走过去，所有人都走过去
今晚，西湖把整个夜都给了我们
不止景色，不止波涛，还有灵魂

2023-2-2

飞鸟：一个人的重建（组诗）

清晨的声音

这一天，一个窗户独立于清晨之中。
一只晨鸟是这个国度的统治者，它热爱孔子。
啰唆的半部《论语》
亲切、温馨，教育着窗台上的兰花。
梦境露出尾巴，也一并接受教育。

鸟儿啊，我才看到你，才听到你。
我的双眼与双耳是你的另一种子民，
清晨时它们还处于懒散之中。
——"温故而知新"，
——我的耳骨因此抵着旧时光，
听着旧版本的耳语，把身体慢慢听热。

窗外的一只鸟儿正在欢愉地跳跃。它发现了兰花
一个新鲜的"礼"字。

至此，它叫出了清晨的第二声鸣叫。

这一声也同时叫到了我，穿戴，起床，看见

——这是晴朗的一天！

我清新的双目，是鸟儿的新妹妹。

我带着昨夜的事来到今晨。

这些事有的比芝麻更小，有的把旧心思抖开。

它们乘坐鸟叫声环行在窗台上，

而我，热爱陈旧与清新的交替。

在今晨，我的长发是另一声叫声，它呼唤鸟儿

沿袭温暖的意念，把全新的一天送上云端！

2011-11-4

午间的飞翔

正午时光，暂时安静了下来。
我正设想一碗午饭飞向天空，这时一只鸟飞了
　　过来。
鸟张开翅膀，停在空中。
许多事物由此开始围着鸟儿飞翔，
包括房屋、街道、大地，包括我的肉体、内心，
包括正午的时间，
这些事物都蜂拥着起飞。

午睡的人在梦里飞。
有一本书也在飞——
它描述梦境、情欲、失意、天空的虚无，
描述另一只飞鸟在时间之中的消失与再现，
描述一个飞人如何从空中坠落。

正午时光，我与一只飞鸟仍然距离遥远。
它的一声鸣叫如钻石扔下，
带动更多的时间，结晶、发光，
并与一枚发卡相撞，带动我
——克制的诗意的震颤，与迷茫的晃动。

一只鸟，
仍在高空，
正午的唯一一只鸟。事物在短暂的飞翔、迷乱之后
回归宁静。
待这只鸟远去，消失于视野，
我的午餐桌上，有它的蓝色的影子结晶，
透明、脆弱。此时，万物回到洁净状态。
我回到书本旁边，等待着下一次的被描述。

2011-11-5

暗夜的鸟

一只鸟，在天黑下来的时候，给旁边的事物插上
　　羽毛。
这之间，一些威严的事物突然忧伤。
而想象也越来越无力、柔软。
它先是靠着桌角滑下，继而靠着椅子、凳子滑下。
它这样一路滑下，慢慢地，滑下。
这时的地板，迎来了大面积想象。

在想象深处，我有一部诗集。
其中一首，先写到暗夜，
写到四周事物的交融、纠结、颤动，
然后，写到了暗夜中的这只鸟。
写到这只鸟时，我的文字被这鸟的鸣叫叫走了一半。
还有另一半，围绕着身边的事物飞翔。

其中出现了——

湖：鸟贴着水面低飞。

塔：爱的羽毛越积越高。

陶：远古的一只鸟把影子镌刻在时间的土壤中。

在暗夜中，出现了鸟的第二次飞翔，

湖、塔、陶也羽化，湖、塔、陶也一起飞翔。

"夜深了。"

——鸟的鸣叫把松散的事物重新聚在一起。

但是，我的身体正被鸟鸣拆毁。

整个暗夜是一枚庞大的羽毛。

——"夜深了。"

一个孤独的童话飞远又返回。

2011-11-9深夜

母亲的棉花田

傍晚，我爱农舍的茅草和锈蚀的锄头
更爱初恋般的嫩芽
昆虫的琴声高高低低
那么忧伤

我年轻的母亲，满眼的纯棉
她说将来给我的嫁妆，就是一床棉被
每一朵棉花都要我自己摘取

于是，那无边的棉田里有一个小小的身影
一双小小的灵巧之手
从那张嘴的棉桃里面
抽出那长长的丝绒
一直到抽尽……母亲抽身
我成为一个没有嫁妆的新娘

而今，我坐在凤凰山下

夕阳的余晖那么绵软

一只小虫又来造访、悄吟

夕阳沉下，连锈迹也开始闪亮

慢慢就有星星出来

一颗一颗，蜂拥而来

仿佛童年的棉花田

母亲的嫁妆，温暖地把我覆盖……

2017-12

普陀一晚

在那片沙滩，在豹子坠崖的时刻
我们拥有了彼此的岸边
那只白驹正从缝隙间跑过
沙滩的脚印，刚刚踩出就被抚平
仿佛我们从未受过伤

月亮满杯，微笑那么静
我想伏在你的背上，默哭一会儿
此刻我已放下了全世界
让细沙、海水、蝉声、月光包围我们
什么都没有说出

观音在，风慢吹
众多菩萨正在赶来——
我没有前世来生，我只有一晚
一条鱼泅渡而去
我们放生了自己。佛陀无语

一万种法相都不离其宗
而我握住了你的手，空与不空……

如果无法修成正果
我定是不肯去，定是葬身于此
而此时，佛陀庄严不语
我这凡俗之身，喊出你的名字
你永不启齿的宝藏、花冠与荆棘

2019-8-7

月下松间

这是侘寂的大地，极简的生存
我只说出那松间的月光，我只要一两束
就呈现我的山岗、泉水、那平静的起伏
一个外乡人的感悟与感恩
白云依然没变，只是时间改变了颜色
我对它的敬畏一点都没有散落
我从远地赶来，带着角落里的暗淡
被光线穿透的人性，还那么幽深
我是个获救的人，比月色深，比草木浅……

塔，傻瓜的诗篇

保俶塔，年代远久地居于宝石山上
它太静了
它太稳重了
它太看重自己的内心了

为此，我在夜晚进入它的光芒
为此，我太专注了

它的周围波光粼粼
它的天空斗转星移
半山腰的茶舍里
人们边悠闲地喝着茶嗑着瓜子
边谈论西湖，谈论它

我不是那么多个谈论中的一人
我的心再次安静了下来
与它比，我更像一个年代久远的傻瓜

我的正在生长的孤独，抱住时间的化石
我更愿被它所看到

春夜的西湖，把塔光涸进我的内心
我用丰腴的嘴唇，绝望地歌唱
——"傻瓜，傻瓜，矗立在时空的山巅之上！"

2012-4-6

三棵松

其实这是酉田的象征，乃至松阳的象征
同时也是超越松阳的象征，它荒凉地溢出——
法则中的自然，法相中的佛陀
而我只看到三两枝，便可以领略更深的审美
那延展到故土、族群、生命层面的乡愁
是那么寂静！诗意仅是它的部分内容
我感到更多的是它的召唤，是缺口
是无法弥补的公德良序。像三个遗腹子
站在母性的大地上，微有隐痛
此刻，三棵松原罪已释，僻径加身……

达利的时钟

"机械、生硬的物体是我的天敌
对钟表而言，它要么是软的
要么根本不存在"

又一个下午三时，阳光从额角的皱纹里爬上来
我的身体与心灵都被钟声敲响了三下
这短暂的迷惘持续了三分、三秒、三个瞬间
仿佛一种超现实的胃，一半消化了食物
一半消化了疼痛。我体内的时钟抵抗着虚无

下午的风继续吹着。我以风排斥着风
以钟排斥着钟，在这里或那里
在一切可以移动的事物之中
在与不在，我都执意于一种超现实

魔幻主义的钟表，原来可以这么软
如一摊泥，一服膏药，一块伤疤

震荡出时间的尘埃、生活的碎屑

一场连绵的内战，从每一个角落爆发

直到精神摆脱了药物，直到现实解脱了秩序

2023-8-28

漫游

不知不觉中，我又说到了"空虚"这个词
像一个不露底细的人，雨还未停下
一支曲子开始流浪。作为和弦
我低缓的声音与之沦陷在雨中
钢琴佐以大提琴
由缓到渐缓，我不过是又一次醒来
单弦与和声把我带入泥泞，又冲上云端
我的流动有着反差之美，鸟在鸣叫
那尖锐的部分撕裂了空气
事隔多年，一首歌仍在切割自己
黑暗中的沉默
就像大地上投下的阴影，陌生又令人激动

爱的路径

从咖啡到茶，从读诗到写诗，从青葱年少到从容中年
一个是空谷幽兰，一个是冰河火焰
一个有死亡的阴影，一个有崩溃的深渊
一个用破碎写诗，一个用死亡写诗，所谓殊途同归
与灵隐寺、天竺三寺相比
我们更爱内心那一座行走的寺院
源头一个在永安溪，一个在大凌河
这双向的奔赴，是天台山孤悬处的相逢
隔着前世的绝壁。阳光透过云层照射下来
我们互为对方的昼夜、星光和底色
当数千蜜蜂拥来，我们又被杜鹃覆盖
那一场热烈的缝补，让灵魂日渐壮大
无论我们看向何处，都是千亩花海

雨中弦

它使我的灵魂倾向虚无

超越了雨后的日子，你深入我的骨髓

看某件事物时，伴随一场雨水的马拉松

一个人沿着围墙走了很久

自车水马龙里挣脱，我看到灵魂之状

雨一滴，一滴，无数滴……

都如弦上飞花，一朵，又一朵

石头、街道、水泥都有了苔痕

感谢雨声中的杯子、夜晚的咳嗽、药片和橘子

还有蜂巢里的秘密对话

我清空了自身多余的存在

越是简单的事物越接近于自然

长笛、二胡与洞箫都自带风雨

一根丝弦被拨动，断断续续的西风与芳草

抬眼望见茫茫的古道伸向天外之天

于尘埃、于花朵中，长出了又一截山水

一瞬

我们都喜欢乡下朴素的风物
看群星像音符在时间中飞逝
树林、麻雀、秋雨寂静的池塘
一去不复返的亲人，世间那长长的寂静

梦游般的笔触，在苔藓上划过
是谁遥想着梭罗和加里·斯奈德
瓦尔登湖和内华达山林的夕阳
一座栅栏里的春天。当大群的鸟雀齐聚林间
通向墓园的路再次被青草覆盖

有一种密会无人知晓，一种密会
是乌云里突然放射出的月光，一朵盛大的莲花
瞬间有了通透感，那放下的此生与此岸
我们要抵达的彼岸，其实不远
走到今天，同行的只剩下月亮与风声

只一瞬，那些堆砌的事物都已散开
只一瞬，那些流逝的时间都有追索
只一瞬，那朵莲花开得清白、虚无

至美

——送给舜舜

净土与兰花，都在幽处
一只鸟如此专注于生殖
——孵化的声音又起
她羽毛蓬松，细小的呼唤自天上落下

疼惜、温柔与泪水
贡献给大地一个鹅黄的小生命
逆光里，我忘掉疼痛，对你笑

看你飞，远而高！我内心的一场典礼
要用尽西湖的水色天光，看你飞
在疾风暴雨中，一次次飞上云端！

大地的新形式：我与你，血与肉
在途中种植山珍，让飞禽贴着水面
河里养下今生的鱼，鱼产下子
让那些天鹅、野鸭、大雁都有你的影子

我要等待每一年的四月：
群鸟低飞，你携带的鸟群越飞越高
这人间至美，足矣——

2023-5-15

孤独才是我诗歌的远方

诗的"在"是"远在",它不是眼前,不是"近在",也不仅仅是庸俗的浅薄诗意的远方,而是那种在身边的"远",居于内心的"远",以及处于另一个非地理空间的"远"。它因此拒斥当下与眼前,更拒斥熙熙攘攘来来往往,拒斥圈子与近朋,哪怕好友。因此,在一定的意义上,诗是孤独的"在",此亦为一种"远"。我宁愿自言自语、自说自话,也不愿所谓的诗存在于众多的废话之中。

一个诗人面对的应该是自己的内心,当更多的诗人重视在场的时候,我们恰恰要退到诗坛以外。一些人其实是把"场"弄错了,它不应与圈子画等号,更不该是整天飞来飞去参加各种活动,到处发声。这个"场"其实是诗的气场,在与不在是一个人与诗歌本身达成的契约,而不是与其他人达成的契约。我们在场，就是从未离开过诗歌本质，在各种诗潮中保持着自己独立的存在，不随波逐流，不人云亦云，不随声附和。我们冷静地处理我们与诗歌发生的关系，那是一种身在其中与之融为一体的愉悦。我们可能从不参加任何诗会、活动，也不会像某些人那样为了证明自己的存在而结交诗歌权贵、广发作品，而是静下心来感悟诗歌的静水深流，每一次真正的交流也必将是回归到核心时的心领神会。

诗于我，早早地成了一种心灵方式。它内在，有着重量感、建筑感，从质到形式塑造着我，一如故乡的永安溪，从童年到成年一直贯穿着我的生命，有时会使我不再孤独，有时会使我愈加孤独，但这是大孤独，有了诗之后的向高处而升起的孤独。我着迷于这种孤独。这是真正的诗之远。

　　当初春来临，万物欣欣向荣，而我却越发孤独，我被自己抛往心灵的远方，我在那里发现未明的诗、未明的事物、未明的自我……

苇子

于 2024 年 3 月